歌集

建御柱

茅野信二

Chino Shinji

ふらんす堂

目次

歌集　建御柱

秋の湿原

入笠湿原

露にぬれ湿原は草萎るるに梅鉢草の花は揺れをり

湿原の入口に咲く鳥兜その青深く触れがたきかも

霧ヶ峰

この果ての空に目の行き穂芒の一斉になびくたかはらをゆく

水銀のやうな父かも芒穂のなかゆくときに天を見上ぐる

八島湿原

褐色に枯るる湿原銀鼠にしづまる沼の面《おも》は昏らみて

秋の湖上花火

夏よりも秋ふさはしき湖花火《うみはなび》亡き父母は空に見るらむ

遠方の湖上に開く花火にていつのことかも夢に見てゐつ

手長神社御柱祭（里曳き）

曳行は休憩となり秋空をわれは見上ぐる鋪道《みち》に座りて

子ども木遣りに付き添ふ若き母たちも揃ひの衣装を身に纏ひつつ

秋空のかすかにひびき御柱並木通りをしばらく進む

石段の下に着きたる御柱日暮れを待ちて愈愈曳き上げ

一斉に曳き綱ひけど御柱動かず石段を上ぐるに難儀す

御柱に乗り提灯を掲げたる人ら浮かび出づ照明《ライト》を浴びて

十一月

照る雲の寒きを見つつこの寺の縁に立てば亡き父おもほゆ

雨やみてさびさびとせる湖畔ばた間歇泉の煙は白く

蓼科にて

雪嶺に雲の掛かりてしづかなりいまだ晴れ来ぬ朝のときの間

日ののぼり麓の村のあかるむをホテルの窓にしばし見てをり

晩秋初冬

白樺の木木に楓の交じれるが花付くるごと遠目には見え

黄葉を映す溜池冥くして雨降りやまず夕ぐれとなる

鼻を刺す苔のにほひも薄らぎて原生林に雪か来らしも

倒れ木となりて朽ちゆく木木も見つ黄泉に近づくごときおもひぞ

田遊神事（上社）

斎庭《ゆには》にござ敷き水田に見立つるもにはかに風の吹きくる心地す

杉の青葉を早苗に見立て田植ゑする二人の巫女の所作のおだしき

手をかかげ田舞を踊る巫女二人白に緋なる装束ぞ佳き

田植唄に合はせて踊る巫女二人古代の春の息吹を感ず

葛井池

木木の枝を映ししづまる葛井池あをく曇りて深さ知られず

池の水あをく濁れり鯉いくつ背《せな》の見ゆるも数は知らえぬ

この池に投げ入れし幣帛が遠き遠州の池に浮ぶと――

磯並社

山中にひつそりとある磯並社の祠の四隅に御柱立つ

磯並社の後方に巨大な岩のあり水湧き出でて磐座《いはくら》をぬらす

巨大なる小袋石の根元には松の小枝の幾本か生え

「小袋石」、「舟つなぎ石」とも言はれたり。浸食すすむその下側の

雪どけの山中道《やまなかみち》をのぼりゆく瀬社・穂股社・玉尾社とつづく

安易さを

テレビ見て震災の歌詠む人の尽きず安易さを君は衝きたり

政治家と同じ目線に歌を詠む大上段に構ふる勿れ

安易さはどうにもならず概念につぐ概念の震災の歌

現地にてうたふ人の歌なれば良きといふにはあらずよ　君よ

概念は歌にはあらず沈黙のあとに湧き出づる悲しみの歌

男女倉の桜

男女倉《をめぐら》の「黒耀の水」昼も夜も湧き出で春の川に落ちつつ

せせらぎの音ひびくなか川岸に桜は咲くや朝の曇りに

黒耀の水を吸ひ上げ桜花この川岸にすずしくぞある

川岸の桜に白樺まじりたり夢のごときかそのすずしさの

田植神事（藤島社）

斎田に早乙女入り時を待つ赤き蹴出しの水面に映り

白装束、赤き蹴出しに紅だすきその色ゆかし田の水に映え

手甲の右の手のばし早苗植う馴れぬ手つきのなまめかしけれ

古の田面《たづら》の見えて早乙女の転けて笑へる翁の声す

翁＝田の神

翁嫗の人形焼却神事――お舟祭りを終へて――

祝詞終へ翁と媼の藁人形冷えたる地《つち》に置かれたるかも

人形の藁を解《ほぐ》して火を点くる燃え上がれるも忽ち下火

遠方の湖岸に花火の上がれるが内御玉戸社の樹のかげに見ゆ

内御玉戸社＝下社秋宮近くの摂社。翁媼の人形焼却神事はここで行われる。

燃え残る灰の夜風に煽られてわが髪に付くそを払はずも

祭り終へ ふたたび山へ帰りなむ翁媼は山のまれびと、

沖の菱

沖遠く菱は茂りてみづうみの面《おも》はくらしも雨降りつづく

霧ケ峰高原

たかはらの斜面《なだり》に風のヤナギランわれの視線をやまずひきつつ

女郎花風に靡きてたかはらを雲移りゆくその影蒼く

吾亦紅何かいとしく花かかげ夕つ陽のなか羽虫の消ゆる

迷ひ雲

迷ひ雲いづこに行きし銀鼠に芒のなびくたかはらにして

御射鹿池十一月

黄葉の終りし木木を映しつつ御射鹿池は曇りしづけく

鴨の番《つがひ》やや距離を置きこの池の真中にゆくをしばし見てをり

しづまれる池をのぞきぬ岸近き水底に落葉溜れるが見え

この池に氷の張るも近からむ日輪白く天《そら》に鎖されぬ

この池ゆ流れ出づる水の音が遠ざかるわれを追抜きてゆく

街に冬

北風や鋪道のわきに溜りたる落葉ふたたび吹かれゆきしや

炭三つ籠に入れられ壁ぎはに置かれてあるも夜の茶房は

御狩野に冬

草枯れ野しぐれの今宵すぎたれば枯れゆくものは大地に還る

はらはらと枯葉は梢《うれ》ゆ散りかかり雑木林は冬に入りゆく

八ヶ岳颪に今朝は氷の雨の降りてくるかも　ここは御狩野

風花の舞ふが工場の窓に見ゆ遠空晴れて街をおもひぬ

御射山社（上社）初春

雪を置く径進みゆき立つ女社殿の前に頭《かうべ》を垂れて

ひつそりと木木に囲まれ社殿あり女の祈り長かりしかな

右は国常立命社、左は御射山社、一つ社殿に二つ祀らる

大祝《おほはふり》神殿《がうどの》出でて登りきとふ御射山は今より険しき土地ぞ

大祝＝諏訪大神の現人神で、八歳から十五歳までの幼童。

すすき穂を榊にそへて奉る大祝うかぶ野分吹く中

穂屋に伏し風鎮めの祈祷せしといふ大祝おもふ現人神なる

御射山社の鳥居をくぐり一騎づつ歓声あげし古おもほゆ

すすき穂に神霊宿るといはれたる去年《こぞ》の御守り捨てがたきかも

小白鳥帰る

氷とけ水辺にゐたる小白鳥しきりに舞ふもまた降りてくる

小白鳥シベリアに帰らむとき迎へ湖上の風に身を任せつつ

「鳥雲に入る」ならねど湖空を離れて北へあはれとびゆく

「この国の桜を見ずや」帰りたるシベリアの春に咲く花おもふ
「この国の桜を見ずや」＝森澄雄の句の文言

白鳥の帰りて再びみづうみは黒き波立つ雨に揉まれて

神之原

鴉らがひねもすさわぎ日は暮れぬ雑木の林春浅くして

日の陰る山道を行き軽トラの現れたれば避《よ》けて見送る

水月園の春

朝くれば吹く風さむく山際にうぐひすの鳴く声ぞきこゆる

三分咲きの桜の園か風吹きて人影もなくひとり歩めり

遠方に白波寄するみづうみが空の曇りの下に見ゆるも

貯水池を囲む桜は蕾らし朝《あした》の風に末《うれ》を揺らして

裏庭のつつじ

祖《おや》の世の日の光さす心地してつつじは咲くもわが裏庭に

「花畑」とふ地名はいつしか消えたるにウォークラリーに甦りたり

八百年生くるつつじもあるといふわが裏庭にいつよりか咲く

曇天に白きつつじの白昏らみ其を見下ろせり二階の窓ゆ

空に雲ゆつたり流れつつじ咲くわが裏庭は昏れはじめたり

諏訪の長い夜――ハーモ美術館――

夜の九時に始まるピアノ演奏かしづけき湖《うみ》の灯《あかり》きらめく

吹抜けのホールの壁にシャガールの版画かかりてピアノ曲ひびく

二人連れの若き乙女の影過ぎり振り返り見る夜の回廊

回廊の二階の壁にしづまりて聞き耳立つる版画のルオー

ドビュッシーの曲多き夜のコンサート湖面に揺らぐは光の粒か

美術館出づれば鋪道《みち》は雨にぬれ潤めるごとき夜の湖の灯《ひ》

灯籠流し

僧侶らの読経に合はせ灯籠の数のふえゆく暮るる湖面に

小舟より一基づつ灯籠下ろされて水面を照らす朱き光は

朱き灯にまじりてみどりの灯籠のあるは何なる　あかりの揺るる

千余基の灯籠湖面に揺らぎつつしだいに沖へ離《さか》りゆくかも

戦ひにまた震災に逝きし人とりどりおもふ灯籠流し

みづうみの夜風に煽られ灯籠のあかりは消ゆる一つまた一つ

八島湿原晩夏

湿原に点点と咲く岩菖蒲その白すずし空の曇りに

湿原に糊空木の花枯れにつつ雲間より射す晩夏光かも

木道をゆけば野薊多くなり咲き乱れつつその赤揺るる

湿原にあらはれ来たる鎌ヶ池さざ波は立つ曇りに蒼く

丘の紫陽花

とりどりに紫陽花の咲く午下がり湖の光を受くるこの丘

みづうみの光に丘の紫陽花のあまた眸をめぐらすごとし

野生種は額の花とぞ濁流の傍に咲きゐしその花うかぶ

七里ヶ浜

霜月の浜やイルカのごとくゐしサーファーは波に乗るを見放けつ

波乗りをする人人の背後《うしろ》には白きヨットの帆を並べつつ

昨日の雨のなごりか海面の下濁りつつ青くは澄まず

白きヨットゐ並ぶ先に目はいきて千尋の海原ふとし浮びつ

声に出さず「真白き富士の根」口ずさむ哀歌の今し胸にかへりて

曽根遺跡を想ふ

台風の近づく湖か雲暗く沖を埋むる菱揺らぎつつ

沖を覆ふ菱の合間を鴨いくつ忙しく動く　台風接近

湖底より石鏃数多出でたるも遥かなるかな　曽根知らぬ子ら

片側の欠けたる矢じり多くして柄に差し込みて銛にせしとも

今よりも小さき諏訪の湖にして曽根は岬の先端なりき

信濃晩秋

木の幹を蔦は螺旋に巻きのぼり紅葉明りす夕闇の中

枯草のぬるるに灯《あかり》映れるを家族を慕ふごとく近づく

銀鼠に芒のなびく御射山か西に傾く日輪昏し

天空蒼し

木遣歌ふいにきこえつ樅の木のすくと立ちたる天あふぐとき

月のぼり天空蒼しわれひとり樅の片へに佇ちて見てをり

この世界眠りに落ちて樅の木の薙鎌ひかる神下りつつ

大注連縄

改修工事やうやく終り神楽殿に大注連縄の掛けられたるも
大注連縄重たく太く神楽殿にクレーン使ひ掛けられたると――
二年振りに大注連縄の掛けられて神楽殿はどーんと鎮まる

出雲大社おもはする秋宮の大注連縄出自わからぬ八坂刀売神《やさかとめのかみ》

新しき年を迎へて神楽殿に御神酒ぞ並ぶ注連縄が下

雪降りてしづけき朝か神楽殿に大注連縄の清きしづまり

御神渡り

青白き氷湖に亀裂走れるも朝《あした》の雪に筋埋もれつつ

雪の降る拝観式となりにけり太古のごとき洲羽の湖なる

氷上に立ちていく度も御幣振る宮司の烏帽子に雪降りかかり

氷上に三人子立たせしかの朝が童画のごとく浮びたつかも

雪やみて晴るる湖空《うみぞら》たちまちに翳りぬ白き影の覆ひて

白響く

「緑響く」のモデルとなりし池に来つ雪一色も「白」の階調

「緑響く」＝東山魁夷の絵

御射鹿池周りの木木は銀の針雪たつぷりと池を埋めて

日の射して芳しきまで雪の白池のほとりに目を瞑り立つ

今し池「緑」ならねど「白」響きわれの心に鳴るシベリウス

この池ゆ流れ出でたる水の音高くひびけり雪の疎林に

座禅草の里

雪をとかし雪の中から座禅草の苞あらはれつ赤紫の
苞のなか温かにしてその熱で雪をとかしてあらはれにけり

矢ノ沢の水源に花咲きゐしと――。株を殖やして園に成したる

木道は傷みのしるく矢ノ沢の人らの苦労おもひやらるる

雪残る林の中は薄ぐらく座禅草の苞ふつふつと顕《た》つ

せせらぎの水のうるほす土のへに座禅草傾《かし》ぐ帆をかかげつつ

深叢寺の春

鐘門は小さきゆゑに床しきやくぐりて細き参道をゆく

参道の両脇のさくら花をつけ曇りの空の冷ややかに見ゆ

見返ればＳ字となりて参道は鐘門を抜け花垂るる中

茶臼山遺跡

桜の葉色づく頃に来たりけり茶臼山遺跡旧石器《きうせきき》時代なる

茶臼山赤土の層よりナイフ形石器出でけり　驚きやいかに

考古学少年戦後は多くして松沢亜生もその一人なる

岩宿につづく旧石器時代の遺跡として注目されし戦後ひととき

発掘の終りしあとに建ちたるは桜ヶ丘県営住宅といふ

御射山社（下社）神池

二歳児を抱へ泥鰌を放ちしか黄昏にして神池くらく

神池に病葉浮くをわが見つつ昨夜《よべ》放たれし泥鰌をおもふ

晩夏の湖

びつしりと菱の覆へる湖の沖翳りて久し晩夏の雲に

ルバーブジャム

ルバーブのジャム賜はれり思ひの外つよき酸味に子らは馴染めず

ルバーブのジャムに見入りぬその朱は杏と苺の中間の色

農薬を使はず防腐剤も入れざると――。ルバーブジャムは富士見の特産

もみぢ湖九月

深緑《ふかみどり》色のダム湖を下に見下ろしぬ鴨の番の沖ゆくあはれ

楓の葉いまだ緑にある鋪道《みち》に白樺の葉は色づきはじむ

木枯しの頃にまた来む立ち並ぶ楓の道は影しづかなり

御射山晩秋

三方の桟敷の形態《かたち》今に見え凹地へ下る朝霜の道

穂屋並ぶ旧御《もと》射山に小笠懸・草鹿などの熱狂ありき

霜の花かざる芒野に日の射して白銀《しろがね》色に耀ふばかり

木立ありて御射山社なりひつそりと祠の周りに御柱立つ

御射山社の前なる草に水滲みわが靴ぬらす冷たかりけり

万治の石仏

ずつしりと大き胴体その上に頭載りをり　いかに接《つ》ぎたる

ノミを石に打ち入るるより血の流れ石工いたく驚きたると――

阿弥陀仏刻まむとしてユーモラスな石仏生ず　そは何なるや

砥川なる中州にあるは浮島社夏越の祓行はれたる

石仏の周りを植田とり囲みいづこか蟬の鳴き声ぞする

御射山と湿原

湿原を神の田圃とせし昔燿歌《かがひ》求めて女男《めを》ぞ来れる

燿歌＝歌垣の東国での名称

湿原に男女の踊りとはいかなるものか　風の幻影《まぼろし》

鎌ヶ池に泥鰌の棲むとふ伝へあり御射山祭の名残か知らず

湿原に馬放たれて御射山や穂屋祭なる賑はひありき

霜柱踏み砕きつつ下る道白銀《しろがね》に照る芒原見ゆ

銃声の二発とどろき御射山や朝のしじまの凍てつくごとし

千鹿頭の神苑

松ぼくり踏みつつ山の径のぼり千鹿頭神社の神苑に出づ

千鹿頭の社殿の四隅に御柱すくと立ちをり　聖域と成す

先の宮小さき祠の周りには御柱のなく其も床しきや

朝風はさくらの花を散らしつつさざ波の立つ千鹿頭の池

鴨いくつ沖に出づるに岸のへに一羽とどまり餌《ゑ》をあさりつつ

又の日

千鹿頭の社へのぼる朝の径団栗あまた白く凝りて

今　春

ひとり身に生活《たつき》かへれる春にして門辺の梅の花をあふぎぬ

妻子らは里に帰りてこの四月わが裏庭にヒヤシンス咲く

裏庭に水仙の花並べるはそこより優しき波か生れまし

峠の花

桜花咲くとおもひて来し峠空は曇りて花芽の見えず

峠道こぶしの花のあらはれて空はさむけく曇りゐたるも

熊笹に雪残れるがしばし見え峠を下る車の窓に

康耀堂美術館

大観に辰雄もあれど殊のほか川端龍子の「此の花」ぞ佳き

回廊をゆけば新緑《みどり》の樹樹立ちて眩しきひかり広窓に満つ

中庭に水を湛ふる方形の池あり人工の空間も佳き

方形の池の向うにカフェー見えその広窓は褐色に澄む

諏訪幻想

かつて諏訪には神使六人を含むミシャグジ祭政体が形成されてゐた。

御頭祭

正面に立つ角材の御手座《みてぐら》は人柱をたてし名残なるべし

血のしたたる鹿の頭角並べられ十間廊に相嘗《あひなめ》すすむ

参会者の頭髪一筋づつ付けし御杖柱《みつゑばしら》に神降《くだ》りつつ

小《ち》さき神使《おかう》に御杖柱を授くるにあはれ神使ぞ失神したる

神使＝御杖柱と鉄鐸（宝鈴）をもって廻神し湛の場所でミシャグジ降しの神事に従った童男。

外県巡幸

御手《おて》祓道《ばらひみち》を三回逆廻りして神使ら夜に出立したる

雪いまだ笹に残りて峠道　神使馬上に括り付けられ

御杖と鉄鐸をもて外県《そとあがた》めぐる神使ぞ春風光る

外県＝上伊那のこと

湛《たたへ》とふ孤樹にミシャグジの神降ろし豊作を請け負ふ鉄鐸鳴らす

湛＝古木・巨石で神降しの場
ミシャグジ＝土地精霊と見られる原始神

袖長の紅色の袍目にぞ沁む神事を行ふ神使幼き

鉄鐸の三月の野にこだまして豊作祈願の神事はすすむ

又、

相嘗の喧噪のなかまたひとり神使は神に召されたるとぞ

野出幻想

一月《ひと》に及ぶ精進潔斎の終れば神使ら野に出でにけり

初めての野外神事ぞ童男の神使ら切れ長の目に風光り

荒玉社にまづは参りて稲霊に挨拶をする神使六人

直垂に赤き長袖の袍を着て神使は捧ぐ楊柳の幣を

梅雨どき

梅雨曇る茂みに入りてごそめくを何か識らねどその音やまず

平家螢光かそけく水のへを移りてとまる木の枝かげに

未草小さき花を灯したり梅雨のあめ降る昏き水面に

秋、そして冬

凪ぎたれば滑らかにゆく艇ありてその先およぐ鴨は逸れつつ

大田螺ゐなくなりたるこの池に季節はづれの萍《うきくさ》流る

睡蓮もハスも水面に無き冬か枯葉はしづみ池の泥澄む

冬晴れの広窓にしてあきらけく大き欅のしげき線見ゆ

雪晴れの空の昏みて湿原は湖面のごとき蒼き影おく

ひとをおもふ

亡くなりしひとと知りたり幾晩をうつらうつらに鬱深まるも

植物にくはしかりしひとおもひ其の命名の「ゆづり葉」を開く

縄文のビーナスを娘《こ》にあがなひて「すこやかに産ませたまへな」と言ひにたるひと

その一世《ひとよ》作りしうたに「いとしき」と言ひたるひとのことばぞ沁むる

「青きリゲル」を「母なる星」ときめしひと今は近くの星となりゐむ

ともかくも春

福寿草遅く咲き出でわが庭は待ちゐる季《とき》を迎へたるかも

裏庭の幽きに咲くは黄水仙地面を照らすその姿《なり》しづか

妻子らは別に暮らせば雛飾りせずに過ぎたり三月三日

長女次女二人にて住むアパートの保証人の印押して送りぬ

子どもらの進学決まり雪形の小さくなれる八《や》ヶ《つ》岳を眺むる

制服のある高校と無き高校それぞれに佳き　新学期始まる

女子校の日日

「花冷え」とふことばのうかび女教師と肩並べつつ階段のぼる

校歌

信仰の洗練されたることば佳き。胸にぞ沁みて心に鳴れり

カーディガン羽織るはやさし女教師の醸し出したる肩に目のゆく

校庭につつじの燃ゆる日日すぎて馴染みはじめつこの女子校に

学園祭図書委員会の企画とぞ。女子校川柳の「女子校」ぞ佳き

「放課後の　ピアノの音は　恋の歌」――女子校川柳最優秀賞

「必需品　体育前の　日焼け止め」――女子校川柳校長賞

合　唱

合唱の真直なことばに撃たれたり「信じることに理由はいらない」
「信じる」JASRAC：113-9731-4

その曲の最後の言葉「……守りたい……守りたい」とのことばぞ残る
「僕が守る」JASRAC：174-9398-6

合唱の声織りなして眩みたり「縦の糸はあなた　横の糸は私」
「糸」JASRAC：009-2825-9

クリスマス・イルミネーション

点火式終へし校庭を通りゆく父母の幾人《いくたり》写真撮りゐて

樅の木を三角形に色取りてちかちかともる赤き電飾

クリスマス・イルミネーションことのほか青き光は眼に沁むる

クリスマス礼拝

賛美歌をハンドベルにて鳴らせるに蠟燭に火をともす少女ら

十字架の下に並べる聖歌隊その面面は使徒のごとしも

奈良田今昔

奈良田湖

紺碧に水を湛へて奈良田湖はしづまりふかし秋の深空に

日の雲に入りて昏める奈良田湖や湖底に沈む集落ぞ顕《た》つ

逆光にダム湖の水は黝《くろ》つぶの光をまして冥《くら》み果てつつ

祖たちの築きし集落ダム底に沈めるを見ていかに思ひけむ

みづうみの上手《かみて》に架かる吊り橋の揺らぎはじめつ夕べの風に

奈良王神社

奈良田の地に孝謙天皇逗留の伝に纏はる「七不思議」あり

「護符水」の千三百年を溢れつつその水量《みづかさ》のはかりがたしも

杉と樅のすくと立ちたる境内に「護符水」の水あふるる音す

奈良田今昔

七不思議の洗濯池も檳榔子《びんらうじ》染池《そめいけ》も今は湖底に沈みたるはや

急斜面に焼畑農をせし人ら夏の草取りの過酷を思ふ

南斜面に焼畑をして粟、蕎麦を作りたりしも昭和三十年にて止む

人や猪《しし》の毛を付け焼きし案山子にて夜ごと猪から畑を守りき

アラク小屋に子らも来りしときありて楽しかりけむ家族の団欒

年寄りの孫に語れるくちあそび狭きアラクの小屋の賑はひ

焼畑の跡は今しも残れるや移植の榛の木の小さきが立つ

奈良田の地に残れる関西風アクセント「雨」は「飴」、「箸」は「橋」の抑揚なりき

「水」が「ミドゥ」、「飲んだ」が「ノンドゥ」になる言葉。奈良田は「言語島」とかつて言はれき

高齢の人も次第に亡くなりて近近消えゆかむ奈良田のことば

板葺の石置く屋根の民家一軒　資料館下に移築《うつ》されて在り

坂道の途中の白き祠には「ミミンコー」幾つも吊されをるも

「サルボンキ」は飾られて居ず嫁に行く女子も少なくなれる証か

湖面の花びら

風の来てさくら花びら幾片が舞ひゆきやがて湖面《うみ》に落ちたり

吹かれゆくさくら花びら湖の面《も》に落つる束の間のたゆたひあはれ

水のへの桜の花のしづけきを心にとめて踵を返す

下社御柱山出し

曳行の無事を祈れる神事終へ木遣りの声の空にぞひびく

御柱曳き始めたり梃子衆のその横に付き梃子棒当て行ひ

せせらぎの音に浄まるごとくして御柱行く谷沿ひの道を

谷に沿ふ道の狭きを御柱ゆつくりと行く梃子の押へに

二期前はわれも梃子棒当て行ひてつね御柱に貼り付きてゐき

辛夷の花谷川の辺《へ》に咲きゐるも束の間見えて御柱行く

一ときの休憩となり手を弛め空見はるかす水色の空を

木落し坂

木落しの坂に樹の影拡ごりて坂はさびしゐ待つ間の時間

曳き綱を持ちて氏子ら木落し坂足すべらせて下りてきたるも

べっぴんの二十七歳わが地区の旗持として坂を下りくる

他の人に助けられつつゆつくりと木落し坂を旗持下る

坂の上にせり出したるも御柱微調整に手間取りてゐる

乗る氏子振り落としては御柱勢ひ増して坂を落ち来つ

坂下の土にめり込み御柱停まるやわつと人押し寄する

注連掛の木落し

注連掛の崖の山吹褪するまで暑き一日となりにけるかも

二期前はここ注連掛にシャボン玉とばす子のゐてふと浮かびつつ

せり出せる御柱の先端《さき》に乗る氏子二人の白き衣《きぬ》ぞ床しき

白き衣をまとふ一人それが手に持てる榊の厳かに見ゆ

片側に青葉の影のおほふ坂注連掛の坂を御柱落つ

木落しの終れば大御幣立てられて御柱ゆく国道一四二号線

春宮境内木落し

春宮の東側の高台に御柱着き木落しを待つ

日が落ちて闇ぞ拡ごる坂の上《へ》より春宮境内のぞき込めるに

境内への急斜面を落とすゆゑ暗やみのなか声の飛び交ふ

「足元に気をつけて！」とふ大声の二度三度してゆつくり落とす

木落しの終はれば提灯もつ人ら御柱の横に来て照らしたり

御柱の向きを変へむと梃子棒を当て行ふ衆の黄の衣装映ゆ

向きかふるときの掛け声「あら、よいてこしよ。」「よいしよ。」腹にひびくも

建御柱（前宮）

粛粛と柱を建つる営みの行はれをり昼下がりの杜

杜かげに立ち上がりゆく御柱樹樹の青葉の風香りくる

鈴生りに氏子らを乗せ立つ柱青葉の隙間《ひま》に天《そら》の碧《あを》見ゆ

御柱の天端ゆ見ゆる風景をわれは知らずも。下より見上ぐ

前宮の建御柱終はりたり日の昏れゆけば杜かげぞ濃き

沖

対岸の沖に黝ずみ湧くらしき水の動きを娘《こ》は見つめをり

縞枯の山

山好きの娘《こ》に北八《やつ》ヶ岳の景色をば見せむと来たり曇りたる午後

縞枯の山の中腹目近《まぢか》にぞ見せつつのぼる横岳ロープウェイ

シラビソの立ち枯るる木を珍しと娘は見るらむか窓に寄りつつ

枯るる木と緑なる木と交互にて風・雨・土壌が原因らしき

溶岩のごつごつしたる「坪庭」を娘と巡りつつそのにきび面《づら》

溶岩の上をハイマツ低く這ひ風は冷たし。雪まだ残る

帰路となり縞枯山の中腹を霧動きをり。われら下界に

白駒の池

シラビソやコメツガの木の鬱蒼と茂る森なり耳を澄ますも

古き苔、艶つやの苔、木の幹に這ひ上がる苔、意志もちて苔は

空曇りしづけく水を湛へたる白駒の池をしばし見てゐる

池岸の足場に降りてわが娘そのしづけさを吸ふごときかも

この池を囲む山並み左右より迫り途切るるところを見放く

雲厚く午後は雨の降り来らし娘《こ》を促して池を後にす

シラビソの落ちゐる実をば拾はむと屈まむとするも見てすぐるなり

蓼科山山頂

山頂は石ごろごろごろと広くしてその中ほどに社ぞ建てる

山頂に先に至れる娘にて歩きまはるや溶岩丘を

眼前に八ヶ《やつ》岳の峰峰雄大に横たはりをり雲を散らして

入道雲南アルプスの上に湧き内なる力の噴くごときかも

霧ヶ峰間近に見えてその彼方北アルプスに雲の掛かれる

山頂は日差しの強くぢりぢりと首筋を焼く。虻もとびくる

山頂の岩の一角に憩ふとき時をり風の来て首冷やす

八時半の花火

ぱらぱらと雨の落ち来て高台ゆ湖《うみ》をとりまく灯《あかり》見てゐる

みづうみをとりまく灯雨にぬれ潤めるごときしづけさにあり

八時半湖上に花火上がり初めこの高台に小《ち》さき歓声

初島の辺りに動く小《ち》さき灯《ひ》とみればつぎつぎ花火そのぼる

初島＝花火の打ち上げと諏訪湖の安全祈願のために造設された人工島

湖空につぎつぎ花火のぼりゆきぱつと開くを娘《こ》と見放けつつ

新しき形に夜空彩るや平成もすでに二十八年

十五分の湖上花火の終はるころどしやぶりとなる。急ぎ車へ

横谷谿谷の秋

乙女滝の傍らに立つわが娘細かき水の飛沫《しぶき》を吸へり

王滝を目差して湿れる落葉踏み谿川に沿ふ道のぼりゆく

谿川の音を聞きつつのぼる道昨夜《ゆふべ》の雨に水にごれるか

石板を重ぬるごときギザギザの形状の岩「鷲岩」といふ

鷲岩にしばし真向かひ見つむるに鷲とぶ姿浮かびては来ず

空曇り紅葉《もみぢ》の紅はしづめるも瀑布は白く盛り上がり見ゆ

王滝に娘《こ》は真向ふか天空ゆ日の差しくれば紅葉ぞ揺るる

白駒の池紅葉

日のいまだ差し来ぬ朝の山の湖《うみ》岸辺の紅葉《もみぢ》色をしづむる

山間の湖を縁取る紅葉にて水面に凭るるごとき朱の色

岸のへの紅葉に触るるごとくしてさざ波寄する朝《あした》の風に

日はのぼり岸辺の紅葉あざやかに照りわたりたり朱のとどろきて

木道を湖に沿ひつつ娘《こ》と行けばもみぢば透きて明るむ光

日の雲に入ればば昏むみづうみか岸辺の紅葉かげぞ黝ずむ

人多くなりてボートも浮べれば娘を促して立ち去らむとす

峰の湛

かつて諏訪では、大祝の代理として神使といふ幼童が「廻湛」の神事を行つてゐた。「峰の湛」はその一つである。

雪のこる鎌倉道を朝《あした》ゆき峰の湛《たたへ》の巨樹に出遭へり

凍て土に杉の葉あまた落ちてをりときをり風のつよく吹く朝

二股に分かれし巨樹のイヌザクラ根元に石祠二体が並ぶ

火焼山《ひとぼし》の中腹に立つ巨木にて諏訪の盆地を見わたし来たる

巨樹立つも植樹されたる杉あまた周りに育ち視界遮る

前宮に最も近き湛にて神使巡行の帰り路なる

湛木にミシャグジ降ろし鉄鐸を鳴らす神使か眦きよき

袖長の赤き袍着て楊柳を供ふる神使　春風光り

大祝もこの道通りあふぎしか前宮に近きこの湛の木

又の日、前宮

雪降れる社殿を囲み御柱すくと立ちをり　聖域となす

前宮を好める巫女を思ひけり人気《ひとけ》なくしんとしたる本殿

水眼《すいが》とふ清流の音やまずして日の翳りたる神原《がうばら》を去る

神原＝諏訪大社前宮の神域

花の季（甲斐）

桜木の枝横向きに伸ぶる先、畑ありてまぶし菜の花の黄は

桃の咲く畑に寝転びゐたる人須臾に見えつつあかるむ車窓

さざ波

湖岸に笹は茂りてさざ波に影揺らしをりその影くろく

さざ波の寄するを押して鴨一羽沖へいでゆく曇りたる朝

日ぐれの池

人気《ひとけ》なき運動場を横ぎりてその傍《そば》に立つ木の梢あふぐ

芝くれて若きカップル一組がシートをたたみ帰り支度す

池岸にさつきの朱の目に立つも日ぐれの闇に黝ずみ果つる

しづけく暮れて

降らぬまましづけく暮れて夜となり潦《にはたづみ》には星ともり初む

池の辺

I

人気なき朝の井戸尻畦道は草に露おき滑りやすしも

かきつばたも野花菖蒲も花びらの枯れはじむるか梅雨の池の辺《へ》

紫と黄に染まりたる池岸にしばし思ひをめぐらしゐたる

遠目には黄なる小さき花あまた池の緑にただよひて見ゆ

近づけば河骨の葉の厚くして池を埋めたり黄の花猥ら

Ⅱ

紅色の睡蓮の花曇りたる池に馴染むかその影うつす

睡蓮の白くつきりと花開く朝の曇りのうするる水《み》の面《も》

池の辺の道を隔てて夕菅の花かたまりて咲きゐるあはれ

河骨は黄にまじりて赤あるも花は小さし。黄の騒立つに

ダム湖八月

法面《のりづら》の土の擁壁見するまでダム湖は水位下がる八月

深みどりの水面に赤きブイ並び夏のダム湖を一筋に切る

鴨どちは今し見えずも夏の日の燦燦と照るダム湖の沖に

ダム沿ひの道を行くとき蟬の声ダム湖へなだれ落ちゆくごとし

晩夏の池

大賀蓮の花おとろふる池にして季節外れの蛙とびこむ

大賀蓮の広葉に染みのあらはれて破るるもあり夏の終りは

河骨の花の終はれる池にして萍埋むるその黄緑の

萍の風に片寄る池うかび「夜の秋」といふ季語をおもふも

ほのぐらき今朝の畦道草乾き蟋蟀のこゑ低く聞こゆる

丸石神

岩森の地にミシャグジらしき石祠ありそれの背後《うしろ》に檜の古木立つ

道祖神場か。古き空地の片隅に丸石いくつ積まれたる塚

丸石を祀るは甲斐に多くして諏訪に入れば石棒の神

岩森の秋

石仏の馬頭観音その横に七つの小《ち》さき石地蔵並ぶ

その地蔵風雨に晒されめりはりの無くなりたるも優しく覚ゆ

小地蔵の頭なでつつ過ぐるとき犬を連れたる媼に見らる

朝顔の鉢の並べる側《わき》通り犬に吠えらる垣の上より

境内のはづれのブランコ錆び果てて乗るに能はず子らも見えずや

台風の風の余波かさわさわと木木を揉みつつ雨滴をとばす

団栗のあまた落ちゐる坂道を朝夕通り秋ぞ深まる

柿の木の枝垂れ下がり実のいくつ地面《つち》に着かむとするも見て過ぐ

あとがき

この集は、二〇一〇年秋から一七年秋に至る七年間に制作した短歌作品を収める。わたしの第五歌集で、年齢でいうと、五十九歳から六十六歳までの作ということになる。その後、六年余の作があるが、それは次に回すことにした。おおむね発表順によるが、入れ替えたところもある。

この間《かん》の出来事として、二〇一五年三月に、諏訪に帰省してからの十余年に及ぶ会社勤めを辞めて、山梨県にアパートを借り私立高校の講師になったということがある。これは、高校はかわったものの今日まで続いていて、そのため、山梨の自然や文化に少なからず触れる機会を得た。とはいえ、諏訪の自然や御柱祭等の神事への関心は元よりつよく、自ずと本集の多くをそれらが占めている。歌集名を当初「諏訪」にしようと考えていたが、あまりに大き過ぎるため「建御柱」とした。本集に諏訪大社御柱祭の建御柱（前宮）がうたわれており、その粛粛と柱を建てる営みに惹かれるとともに、時節も風薫るころで、杜の樹樹の匂うような雰囲気が何とも好きなためである。
また、この間、歌誌「朝霧」に「玉城徹の方法」を連載しつつ、玉城徹から佐藤佐太郎へと関心が遡上して行ったことも、この集に影を落としている気がしているが、いかがであろうか。物を見るということ、事をうたうということの意味と本質について、また、折口信夫のいう「叙事詩的なもの」について改めて考えた時期でもあった。なお、この度、拙集を句歌集で定評のあるふらんす堂にお願いしたのは、わたしの俳句の師である桂信子が、晩年、『草よ風よ』と『草影』他を貴書肆から上梓されていたことが記憶にあったことが大きい。わたしのものはフランス装ではないが、どんなものになるか、楽しみである。

二〇二四年三月　諏訪市岡村花畑の自宅にて

茅野信二

追いがき……わたしの個人的な都合で、出版を一年ほど遅らせてしまった。これ以上遅らせると、熱意も失せてしまうため、この辺で切りをつけることにした。

（二〇二五年三月記）

歌集　建御柱　たておんばしら

二〇二五年四月二九日　初版発行

著　者――茅野信二　〒三九二-〇〇〇五　長野県諏訪市岡村一-一-一〇　小口方

発行人――山岡喜美子
発行所――ふらんす堂
〒182-0002　東京都調布市仙川町一―一五―三八―二F
電　話――〇三（三三二六）九〇六一　FAX〇三（三三二六）六九一九
ホームページ　https://furansudo.com/　E-mail　info@furansudo.com
振　替――〇〇一七〇―一―一八四一七三
装　幀――君嶋真理子
印刷所――三修紙工㈱
製本所――三修紙工㈱
定　価――本体二五〇〇円+税
ISBN978-4-7814-1733-2　C0092　¥2500E